奇跡がくれた25年

～夫との闘病記～

堀江 順子
Horie Atsuko

風詠社

目次

装幀　２ＤＡＹ

1998年　白血病発症

今から25年前　ある日突然夫が白血病になりました。

当時夫は、会社を定年退職した後、嘱託社員として別の会社に4年勤務し、そこを退職して4ヶ月、私はお好み焼き店を営業して20年目。

家には94歳の義母と息子の4人暮らし、娘は結婚して2児の母で近くに住んでいました。

夫は2人姉弟で義姉は近くに住んでいました。

夫には何の自覚症状もなく、毎週土曜日にはテニスを楽しんでいたほどです。

日頃から胃弱のため、かかり付け医でいつもの検査をしたところ、白血球が10万もあり先生がびっくりして電話をくれました。

その時のショック度といえば「明日にでも死!!」という恐怖!!

当時は白血病と聞けば入院しても帰れない、「死」を覚悟の時代です。

その時のことは今でも鮮明に覚えています。

そして血液内科のある病院に入院です。

入院前日、普段はただの同居人というくらいで無口な息子が、夫に「しっかりしてくれ、そして必ず帰ってきてくれ」私には、「店は辞めず続けるように、人の手配は俺がしてやる」と。

店の営業時間は、平日は11：30～14：30　17：30～21：00、土日祝日は11：30～21：00。昼はパートさんに来てもらい、夜は夫が帰宅するなりすぐに手伝いにきてくれ、閉店までのパートナーとして、最後の戸締りまで一緒にして帰り、帰宅してから２人で食事です。

私は朝、夫を会社へ送り出し義母の昼の食事を用意、そして仕入れをしながら店に向かいます。パートさんが殆ど仕込みをしてくれるので、11時頃に店に着き、すぐにお昼の営業です。休憩時間には買物しながら家に帰り家族の食事の用意をし、また17時半に店へ戻ります。土日祝日は休憩時間がないので朝に全部用意します。なので、金曜日は金土日の献立を考え買物もしなければなりません。

今のように大容量の冷凍庫もない時代でしたので、１日30時間ほしいなぁ～といつも思っていました。

毎週水曜日は定休日です。その定休日には毎月清荒神へお参りする、美容院へ行く、お祝いやお見舞いなども、全て水曜日です。また、店の換気扇やカウンター下に敷いているすのこを洗うなどの掃除も水曜日と言うことで、定休日もスケジュールはびっしりです。

そして、清荒神へのお参りの帰りはデパートでのショッピングもコースに入っています。

店を始めた時、娘は中学生、息子は小学生でしたから、娘の中学校の卒業式も高校の入学式も、皆、夫が出席してくれました。

でも私は仕事大好き人間であり健康にも恵まれたお陰で、しんどいから休みたいなぁ～と思ったことは一度もないのです。だから20年間続けてこられたのだと思います。

店でお客さんとおしゃべりするのも大好きだし、土曜日などは一日通しの営業なので、それを目当てに来てくれるお客さんもあり、私も楽しんでいました。

息子はそれを知っていたので、夫の看病だけと向き合っていたのでは、気が滅入ってしまうと思い、店は続けたほうがいいと言ったのでしょう。

でも私は、他の仕事と違い店との両立はできないので看病に専念したいと言いました。

息子には付き合っている人もいたと思うので、こちらのことは気にしなくていいから、少しのお金は用意してあるので、結婚しようと思っているのだったらするようにと言いました。

すると息子は「俺は30歳までは結婚するつもりはない、金がないからでもない、だから金は要らない、そんな金があるのだったら2人の旅行の費用にでもしてくれ」と。夫には「おばあちゃんが一番悲しむと思うので元気出してくれ、大丈夫やから」と懇々と言っていました。

夫が白血病になった時は家族皆が大きなショックでした。

娘は小さな子供を抱えながら千羽鶴を折り、また写経を何枚も書き「どうぞパパに勇気を与えて下さい」と。そのどちらも本人の負担になったらいけないからと千羽鶴は自宅のベッドに、写経は仏壇の引き出しにそっと入れていました。

後に孫に聞くと、「ママは泣きながら鶴を折っていた」と。

孫が5年生の頃、小学校で「二十歳で受け取るタイムカプセル」行事があり、私も二十歳の孫にと手紙を入れさせてもらいました。

「じぃちゃんの病気は白血病、この手紙を受け取る時は病名も理解できるでしょう。あなたのママには、何時も話し相手になってもらい、凄く力づけられたのよ。あなたもママの良き相談相手になってやってね」と。

病名は慢性骨髄性白血病。

当時は本人に告知しない時代でもあったし、夫の性格からしても先生に告知しないで下さいと言いました。

すると先生は、この病気は告知しないと治療できません、そして年齢的に骨髄移植はできません、完治はしないと言うことでした。

夫は、病室のベッドでテレビも見ない、新聞も読まない、人の話も全く耳に入らないといった状態でかなりショックを受けていました。

なので私は何とかして元気を出してもらおうと手紙で叱咤激励しました。

でも私の行為は間違いでした。そういう時は叱咤激励ではなく寄り添うケアをしないといけないと言うことを後に知りました。

治療法はインターフェロンの注射です。当時の一番の治療法です。

副作用は、湿疹に始まり、その後様々な症状が現れ、うつ病の可能性もあるとのことでした。

まずはインフルエンザのような高熱と倦怠感の症状が現れました。これは治りますか?と先生に聞くと、慣れますとのことでした。

病室は6人部屋でしたが、朝行くとベッドが空になっている状態を何度も見る度にたまらなくなりました。

私は毎日病院に行きました。家には義姉が毎日来てくれていました。

義母は様子を聞きたくて、毎日私の帰りをずっと待っていました。「元気だったよ」と伝えるため、病院を一歩出ると気持ちを切り替えねばなりませんでした。


慢性骨髄性白血病は急性転化すると余命数ヶ月、そして急性転化するかしないかではなく必ずすると。その度合いは早くて1年遅くて5年と家族だけに伝えられました。

インターフェロンは湿疹などの副作用で治療を続けられない人も次々と出ていましたが、夫は幸い重篤な副作用は出ず、後は自己注射を覚え、週3回の注射を続けることで退院と言うことになりました。

日常生活に規制はありませんでしたが、元気で入院し治療で10キロ痩せての退院ということで不安は一杯でした。当時は白血病に対しての情報も全くと言っていいほどなく、唯一夏目雅子さんがということだけでした。

でも病気と向き合ってばかりではストレスも溜まるし、普通に日常生活していいのだからと気持ちを切り替えました。

まず私は、病院に通うことがなくなり、少しは自分のことに使える時間を得たのだと考え、以前から行きたかった自動車学校に行きました。

学科は一度で合格し、実地試験も何とかこなし、普通免許取得にこぎつけました。58歳のことです。

店のお客さんで自動車整備会社の方がおられ、病院への通院ができるようにと横に乗って指導してくださいました。

次は、ヘルパー2級の講習を受けに行きました。介護保険導入前で、ヘルパーの講習を受けるだけでも抽選でしたが95歳の義母の役にも立つと思い講習を受け、ヘルパー2級を取得しました。

当時夫は、自分が退職した時には私にも店を辞めるように勧めていました。余りに忙しい20年だったので、2人でゆっくりしようと思っていたのでしょう。でも私は生涯現役が夢でもあったし、また大した理由もなくパートさんに店を辞めてもらうことは、どうしてもできませんでした。

だから後に思ったのです、神様が店を辞めやすいように爆弾を落としたのかも知れないと。

お客さんもついていたし、慣れていたパートさんに店を譲ろうと思いました。

自宅の向かいの方でしたが、自転車に乗れないので、毎日店までの2往復はできないということでした。そんな時に丁度隣の居酒屋さんから、甥っ子にさせたいので譲って欲しいと言われ手放しました。パートさんが店の後始末を全部やってくれました。

3か月後　恐れていた副作用が発生しました。インターフェロンの副作用です。

両太ももが酷い湿疹で潰瘍状態になってしまいました。

先生曰く、「これでは続けられないな、今アメリカで画期的な飲み薬が開発されているが、日本ではまだ承認されていない、取り寄せれば30万円かかる、日本で承認されるまで今の治療を続けられれば良いのだが…」と暫く考え込んでおられました。

そこで私は「先生、私に注射を教えていただけないでしょうか？　そうすれば、両腕とお尻の左右と注射の箇所が４か所増え、分散できると思うのですけど」と。

先生はびっくりして、また暫く考え込んでおられましたが、「教えましょう」と言って看護師さんに指示してくださいました。手が震えましたが何とかクリアでき、インターフェロン、注射針などを持ち帰宅しました。

最初手が震えた注射も徐々に慣れ、湿疹も改善され、その後画期的な飲み薬に移行することができました。

治療方法が飲み薬になったことで、夫も私も注射をするというストレスから解放されました。

そんな時、ある朝のラジオで、夫と同じ病気で、同じ治療をされていて、仕事もされている女性についての放送があったのです。初めての情報なので、どうしても話を聞きたく、ラジオ局に電話をし、事情を話し、コンタクトを取りたいとお願いをしました。

すると先方に連絡を取ってくれ、ご本人からお電話をいただきました。公務員の方でしたが、飲み薬になったことでかなり自由に行動ができるようになり、仕事にも影響なくあまり制限なく生活できているとのことでした。ただ治療費がかなり高額なので、高額医療費の申請や年末には確定申告を忘れずにすることなど、いろいろお話しを聞くことができ、とても参考になり嬉しかったですね。

1999年　墓石建立

我が家のお墓は和歌山の学文路の紀ノ川を見下ろせる高台にありました。夫の両親は共に和歌山出身です。昔は全部個人墓で、小さいお墓がいくつもありました。今度全部整理して○○家の墓を新しくと計画している矢先に病気になり、病気をしたことで余計にそれが気になって仕方がないのです。夫も頼むと言うので、私にできるかなと、いつも墓花をお願いしている花屋さんに石碑屋さんを紹介していただき、お墓で待ち合わせをしました。夫の意見を聞きながら、和歌山まで何回も何回も通いました。今のように携帯電話も無い時代でしたので大変でした。

墓地も整地し、無事に○○家の墓と霊標を建立することができました。義母と夫と共に納骨式に行き、義母もこんなに立派なお墓をと涙ぐんで喜んでくれました。本当に本当に大変でした。
今まで生きてきた中で一番大変な仕事でした。

2000年　忘れられない姪のこと

ある日、娘と3日違いで生まれた夫の姪が来てくれました。姪は、一型糖尿病で小学生の頃からインシュリン注射を続けています。「この病気は、大好きなママではなく、また姉でもなく私で良かったのだと思う」と。姪のその言葉に夫はかなり影響を受け、この時ようやく病気を受け入れることができたようでした。

今までは周りが皆、健常者で、「何がわかる?」という気持ちがあったと思うのですが、やはり病気を抱えている人の言葉の一つ一つが大きいのですね。姪にありがとうです。

～その姪との物語～

姪が30代の頃、精神的にすごく落ち込んで悩んでいる時があったのです。私はなんとか元気になって欲しいと思いました。でも「この子に通り一遍の励ましなど通じるものではない、どうしたものか」と考え、私は今まで誰にも話したことがない（もちろん夫にも娘にも）私の子供の時から、その時までのことを赤裸々に書き、私の考えなどをしたため、読んだら破り捨ててねと手紙を送りました。因みに私の父は私が生まれて10日目くらいに戦地へ向かい、ニューギニアで戦死。だから顔も知りません、母は私が32歳の時に亡くなっています。

姪から返信の手紙がきました。

（私が結婚した時は22歳だったので義姉が叔母ちゃんでは可哀そうだから、姉ちゃんと呼ばせてくれたのです。だから今でも姪からは姉ちゃんと呼ばれています。夫にはおじちゃんですが…）

まずはじめに、順子姉ちゃんが生きてきた過去のことを、あんなに詳細に私なんかに話してくれたことにお礼を言いたいです。

なぜ、順子姉ちゃんが今までほとんど人に語ることの無かった大切なことを私に話してくれるのか、その真意を取り違えないように慎重に何度も手紙を読みました。

順子姉ちゃんの人生を一通の手紙ではとても語り尽くせないと思うし、私自身何か感想を言おうとしても、どんな言葉も軽く聞こえてしまい言葉になりません。もちろん順子姉ちゃんは私にそれに対して何か述べることなど望んではいないと思うしね。

順子姉ちゃんの過去のことは殆ど何も知らずに今日まできました。

ママから子供の頃に「順子姉ちゃんのお母さんはもう亡くなられている」と言うことだけを聞かされた程度です。

手紙をもらって、こんなに壮絶な中を生きて来たことを初めて知って本当になんとも言えない気持ちになりました。

結婚後のことも、今聞くのは簡単だけど、長い長い日々だったと思います。

私が知ってる順子姉ちゃんはいつも元気で明るくて、何事にも一生懸命で、しっかりしてるから、よく知らない人から言わせれば、気の強い人と言う印象を受けるかも知れないけど、本当はめちゃめちゃ優しく涙もろくて、私は順子姉ちゃんのことを叔母としてだけでなく、ひとりの人間として尊敬してきました。そして私の叔母さんであることが自慢だったし、誇りでした。今もそうです。

順子姉ちゃんが私に何を伝えたかったのか、自分なりによく解っているつもりです。私は自分が不幸だとは思っていません。病気を持っていてこんな体のために諦めなければならないことも今までにいっぱいありました。子供を失ったことは私の人生最大の悲しみでした。子供が居ないことがこんなに辛いものなのかと自分が経験して初めて知りました。

病気との戦いにも疲れて、正直「もう楽になりたい」と思うことも時々あります。でも私は病気だけが人生の苦しみだとは思っていないよ。自分は病気では苦しいけど、他の部分ではとても恵まれていて幸せなので、苦労というものは全然経験していないと思っています。

人間にはいろんな形の苦しみや苦労が誰しもあるので、「なんで自分だけが」とは思ったことが無いのです。こんな体になってもいつも幸せを感じるし、楽しいし、周りの人に対する感謝の気持ちでいっぱいです。たまには苛立ちもするし、どこにぶつけて良いかわからない怒りを覚える時もあるけどネ。でも順子姉ちゃんが言うように、不公平は無いと思っています。

みんなどこかで苦しんでもどこかできっと良い事があるんだもんね。それに気付かずに苦しみだけしか感じない人は、ある意味不幸かも知れないね。

子供の頃から目いっぱい、いろんな経験をしてきた順子姉ちゃんから見れば、おじちゃんとおばあちゃんの過剰なほどの絆も、摩訶不思議に思えただろうね。仮に私だったら、忍耐がないのでとても我慢できないと思います。

順子姉ちゃんは余計なことをペラペラと口にする人ではないし、忍耐もあるし、賢い人だから、つらくても口に出さずに家庭を守ってきたんだね。すごいなぁって思います。

人は、たとえ親子であっても夫婦であっても、自分だけの人生があります。共に支えあって生きていても、100パーセント完璧に理解しあうことは不可能だよね。順子姉ちゃんの手紙に「今まで自分を不幸と思ったことが無い。何時も幸せって思ってきた」と書いてあるのを見て「私と一緒だ！」と嬉しくなりました。

つらい事があっても、ちゃんと幸せを感じられる感性の持ち主なんだって…そしてそれが順子姉ちゃんにとって仕事をすることだったんだよね。

自分が幸せでいるための努力をすれば、後悔もないし自分の生き方に納得ができる。

自分自身を見失わずに生きていけると私は思うのです。

大人になると避けて通れないものも増えてくるけど、大切なのは自分を無くさずにどう生きるか、そして何ごとからも逃げないことだと思っています。

口では偉そうなこと言ってるけど、本当はめちゃ弱虫であかんたれだけどネ。

でもね、私、自分の体がどんどんいうことを聞いてくれなくなってから、人生と言うものをよく考えるようになったの。自分がどれだけ成長できるか、悔いの無い生き方をできるか。そして人と人との関わり方も、すごく考えるようになったよ。

人はひとりでは生きられないから、考え方や価値観の違う人間とも関わっていかなければならない時もあるし、少しでも人間的に尊敬できる人と知り合い、影響を受けたいと強く思います。

私はママが大好きで母親として最高に尊敬してるよ。姉も大好きだしね。

でも、親子でも姉妹にも言えないこと、順子姉ちゃんになら話せることがあります。

なんか叔母の順子姉ちゃんに、こんなこと言うのはちょっと照れるけど、宏美は順子姉ちゃんのこと、大好きですごく尊敬してるよ。宏美の叔母さんとして順子姉ちゃんが居てくれて嬉しいです。

以前に私に手紙をくれて「宏美ちゃん　がんばれ　がんばれ」って言う所を読むといつも涙が出てきます。

つらくなった時、時々手紙を出してきて読み返しては自分を元気付けています。順子姉ちゃんのこの励ましの言葉が自分へのエールとして、すごく効果があるの。こんなに心のこもった「がんばれ」は聞いたことないもん。

今回貰った手紙は、とても破り捨てられません。私の心の底にそっと仕舞っておくね。そして手紙は大切に誰の目にも触れない所に置いておきます。

なんだか支離滅裂で訳の分からない手紙になってしまったけど、順子姉ちゃんからのメッセージはちゃんと宏美に届いてるから安心してね。

私が一番手本にしたい人がこんな近くに居てくれることに感謝しています。

私はとても幸運な人間だね。


順子姉ちゃん、ありがとう。

頑張って元気になるからね。

後悔のない人生にするために。

ありがとう。

平成16年4月8日

子供を亡くしたと言うのは、流産したのです。

可哀想につらかっただろうと思わず泣いてしまいました。

姪は対人恐怖症と鬱病で苦しんだ時期もありましたが、克服し、自殺願望の人を何人も救ってきているのです。

私は姪が言うような人間では全然ないのですが、何倍も何倍も持ち上げて書いてくれています。こんなんじゃないけど、勝手に喜んで、今でも姪からもらった手紙を大切に保管しているのです（笑）。

息子の結婚式の時、姪が私の料理だけ違うと言ったのです。えっと言うと、姪が糖尿病食だと感激していました。息子が式場にお願いして糖尿病食を用意していたのです。

私は全く知らなかったけど、息子もちょっと気遣いできるようになったかな？

その姪がその後45歳でこの世を去りました。

でも素晴らしい夫君と本当に幸せな家庭を20年余り築いており、夫君は会社を退職し、医師並の知識を得、それはそれは誰にも真似のできないくらいの看病ぶりで頭が下がるほどでした。長い短いではなく、一人の女性として最高の人生を送ったと思っています。

姪が亡くなった後で、義姉にこの手紙を見て貰ったことがあるのです。

すると義姉はこんな手紙のやり取りをしていたとは知らなかった。お陰で娘も随分救われたことだろうと喜んでくれました。そして義姉も娘の夫君には本当に良くして貰い、娘は本当に幸せだったと言っていました

義姉も今は長女夫婦と一緒にマンションに住んでいますが、次女夫婦も同じマンションを購入していたので、亡くなった姪の夫君も同じところです。

我が家からも自転車で行ける距離なので、私も時々喋りに行っています。亡くなった姪の夫君には、パソコン購入時にアドバイスをもらったり、ブログ開設などを教わったりしています。

2002年　ヘルパーの仕事を始める

61歳目前のある日の新聞広告に「ヘルパー募集、60歳迄」とあり、今なら間に合うと思い、すぐその事業所に電話を入れ、「1週間に1日1軒だけでもいいですか?」と問合せ、採用していただきました。これだったら家族に負担を掛けることなく働けると、夫と義母の了解を得て、ヘルパーの仕事を始めることになりました。

2003年　担当医の引継ぎ

夫は、副作用も収まり、上手く飲み薬に移行でき、安定した生活を送っていました。ある日病院の担当医からお電話をいただきました。

「今度私が異動になります、血液内科の先生が何人かいますが、どの先生に引継ぎしてほしいですか?」。私は「分かりませんので先生が良いと思われる先生にお願いします」

と。

後日「新しく来られる先生は部長ですし、何でも相談できると思いますので、その先生に引継ぎします」と。そして本当にすばらしい先生でした。

血液内科のある大きな病院でしたが、一患者にそこまで心配りしていただけるなんて、感謝！　感謝！　でした。

夫の病状も安定しており、私はヘルパーの仕事を3～4軒受け持つようになっていました。

ヘルパーの仕事をしていて一番に感じたのは、皆さん、話を聞いてもらうことが嬉しくすごく喜んでくれるのです。家事をしてくれなくても良いからとまで言われたこともあります。

私も人生の先輩に教わることも多くあり、楽しく10年間務めることができました。

２００４年　突然の事故

ミニバイクでヘルパーの仕事の出勤途中、交差点手前の信号待ちで止まっていて青信号になり、発車した直後に右後ろから車に跳ねられ転倒し、歩道との柵にぶち当たったのです。当て逃げされ、他の車に乗っていた方が、助手席から「番号見てるからね～」と叫んでくれたのですが、結局盗難車だったのです。慌てて事務所に連絡し、他の人に代役を頼みました。

そして救急車で病院へ運ばれ、鎖骨骨折でした。でも、左に倒れたから良かったので、右に倒れていたら後続の車に跳ねられていたでしょう。またお陰をいただきました。

それからバイクはやめ、電動自転車にしたのです。

２００６年　義母が他界しました

～義母と同居歴43年の物語～

初めて義母と会った時、私の母より11歳も年上なのに、まるで逆の年の差を感じたほど、若くて綺麗な人という印象でした。私と同じ干支で36歳違うのです。

義母は結婚して10年間は子供に恵まれず、10年目に義姉、2年後に夫が生まれたので、大事に大事に育てられたのです。だから義姉も夫も優しいのかもしれません。

私は結婚当初、義母に敬語を使うことも知らず、義母との会話を聞いていた知らない人からは本当の親子に間違われました。

私の母が病弱だった為、2人の子供の出産もすべて義母のお世話になりました。

娘の出産の時は義姉の次女も3日後に生まれるということで、親子共々5人お世話になりました。

そして、子供にあまり手が掛からなくなった頃、仕事大好き人間の私でしたので、仕事をしたくなりました。でも夫は共稼ぎ絶対反対の人でしたから、なかなかＯＫが出ませんでした。一軒の家で主婦2人は要らないと、嫁と姑がずっと顔を突き合わせていれば、まずいことも出てくるかも知れないと、家に絶対迷惑を掛けないからと夫を説得しＯＫを貰いました。そして近くの会社で経理事務員として勤め、お互い良い関係が保てました。

４年余り何もなく勤めることができました。

ところが、義母が74歳のある朝、意識不明になり、かかりつけ医にすぐ来てもらいましたが、片膝を立ててもすぐ流れてしまい、すぐ救急車を呼ぶように言われました。場合によっては半身麻痺になるかもしれないとのことでしたが、搬送された病院で、脳血栓と診断され、どうにか麻痺は免れました。

しかし、パジャマを上下逆に着ていたり、片袖だけ通して服を着ていたり、そのまま外に出て行ってしまったりしたので、日中義母を一人で家に残しておけないため、私は会社を退職することにしました。

社長からは、退職ではなく、長期休暇ということにしたらどうかと言ってもらいましたが、この病気はいつまでという期限が無いので、また先でお世話になるとも、一旦は退職させていただきますと。私は全力投球タイプですので…。

次は義母の看護に全力投球です。義母は衣服の着脱など一人では全然できなくなっており、手を貸すべきか、貸さないべきか悩みましたが、心を鬼にしました。鏡の前に立って貰い、20分掛かろうが30分掛かろうが自分で着る練習をしてもらいました。

お好み焼き店「竹の子」オープン

午後からは病院で見てきたリハビリを、号令を掛けてしてもらいました。

義姉が来た時も「私はおばあちゃんに自分の身の回りのことが出来て長生きして欲しい、だから手助けしてないので協力して欲しい」と。

夫も私の意見に賛成でしたし、皆も協力してくれました。

その甲斐あって義母は全快したのです。先生も奇跡だと言って下さいました。

後に「あの時私のこと、薄情だと思った？」と義母に聞くと、「思った」と。「今、感謝してね」。

義母が全快した時、夫から店をするように勧められたのです。自分も手伝うからと。

店をしていた20年間は、義母も元気で、子供もかぎっ子にならず、少々孫に過干渉な所もありましたが、留守を守ってくれていました。

～過干渉な一面～

義母は教育ママだったようで孫にも必要以上に干渉する。私は放任主義ですので全く正反対なのです。子供が小さい時は良いのですが、反抗期は大変でした。

娘に友達から電話があり喋っていると、横でじっと聞いており、相手が何を言ってるのか分からないのに勝手に解釈して、私が帰ると、「こんな話してた」とか言うものだから、娘が2階に電話を付けて欲しいと言ったこともあります。また息子は男の子だからよけい嫌がるのです。学校のカバンの中のテストを見て、私に告げ口するものだから、嫌がる。そして義母に暴言を吐く。すると義母から店に電話がかかり、あんなこと言われた、こんなこと言われたと私に言う。私は息子を電話口に出させて怒ると息子が「ママは何も見てないのに！」と私に怒る。自分の目で見てなくて怒るという私が1番嫌な方法で注意するしかなかったことが、本当に悩みの種だったのです。

夫は義母に滅多に何も言わない人ですが、一度だけ「あまり構わず放っといてやったら良いのに」と言ったことがあるのです。すると「これだけ可愛いから構うのに、ほっとけと言う気持ちが分からない」と言ったのです。その時、これは本当に分からないのだと思い、時が過ぎるのを待とうと思いました。

後に娘に言われたことがあるのです。

ママはおばあちゃんが構いすぎて、おばあちゃんと私たちの間が険悪になるのが悩みだったと言うけれど、私はおばあちゃんとの思い出は可愛がってもらったことしかないよと言われたのです。あ〜子供達には、何も残ってないんだ、私の取り越し苦労だったのだと思いました。

そして子供達の反抗期も過ぎ、大人になってきたので、旅行が好きだった私達は、少しでも若いうちに、先で行ける保証はないからと、海外旅行へもずいぶん行きました。ハワイ、ヨーロッパ（イギリス・ドイツ・スイス・フランス）、カナダ、グランドキャニオン、ラスベガス、イタリア一周など。お金も時間も前倒しでです。

夫の休みに合わせて店を休むのです。「勝手ながら・・・」の張り紙をして。

留守中の義母の食事は全部冷凍して、器にメモを張り、レンジでチンはできたので、義姉と娘に頼んで行きました。

義母は旅行も嫌いで家が大好きでしたので、私達が旅行に行くのを反対したことは一度もありません。だから私も自分の準備より義母の食事など出来るだけのことをして、飛行機に乗った時は疲れてぐったり寝ていました。

休み明け、心配した店にはお客さんも来てくれたので、それに味をしめてまた休むのです。

休業の張り紙を「売り店」に変えといてやろうかと思ったと言われながらも、良いお客さんに支えられました。

そのお陰で「あの時行っておけば良かった」の後悔はなく「行って良かった」の満足感です。

また、夫は自分の母と嫁の私との間に入って気苦労したことはないのです。

義母も私も、陰で、嫁のこと姑のことを夫に言ったことは一度もありません。言いたいことは直接言うからです。

夫は近所でも有名なくらい親孝行です。

そんな夫に例え不満があったと言っても悪口にしか聞こえないでしょう。

結婚当初から同居で43年間入院以外義母のいない生活は知らないのです。

義姉は夫を亡くして姪たちも結婚し、一人暮らしだったこともあり、義姉宅の近所の人から、「たまには娘さんの所に泊まって嫁さんを楽にしてやったら?」と言われた義母は、そういうものかと初めて気付いたそうです。

義姉に「そしたら明日泊まる？」と聞かれ「うん、そうする」となり、義姉から泊まるからと連絡があったのですが、夕方になると、そわそわして結局帰ってきてしまいました。

息子が結婚した翌年のお正月でのことでした。義母は息子の嫁の隣に座って、ずっと嫁の手を握っているのです。「おばあちゃん、手を放してやらんと、ご飯食べられへんよ」と言いました。よほど息子の嫁が可愛いかったのでしょうね。

夫が白血病になり、店を辞めるまで、留守を守ってくれていましたので、頭もすごく冴えていたし、娘からも「ママよりおばあちゃんの方が記憶力がいい」と言われたくらいです。

義母は、おしゃべりが大好きで、好奇心旺盛なのと、病気に対してちょっとくらい変調あろうが、全然苦にしないところが元気の秘訣だと思います。毎朝食事が済めば、玄関の外の道路に椅子を置き、1日中座っているのです。

すると近所の人や通りすがりの人、買い物で前を通る人達が声をかけてくれ、おしゃべりするのです。だから本当に全然認知症にもならず元気でしたよ。掛かりつけ医の待合室で、人に聞かれても「私は何処も悪い所ありませんねん」と答えていました。病院に来てるのにね（笑）。

好き嫌いもなく、食欲も旺盛で、何を食べても美味しい美味しいと言い、今日は食欲がないと言ったことは一度もありませんでした。

そして、義母が長生きしてくれたお陰で、義母が子供のようになり、子供が大人になって最終章を迎えることができました。義母も理性のある人でしたが、最後の2年間は理性がなくなり暴言を吐くこともありました。

さすがの夫も一度、そんなこと言っていたら誰もみてくれへんよと言ったことがあります。

すると「子供は親をみるのが当たり前や」と言いました。

息子が来た時も暴言を吐き、私がちょっと愚痴を言うと、反抗期の時に義母に暴言をはいた息子が「聞き流しといたら良いのや」と言ったのです。私は「ママも介護の仕事をしているので、聞き流せば良いことくらいは百も承知！　でも聞き流せる時と聞き流せない時がある」と言うと息子は何も言いませんでした。

一度、義母が腹を立てて、手でガラス戸をたたいたことがあるのです。手首を切ってかかりつけ医へ行くも、皮膚がオブラートみたいになっているので、縫うことが出来ず、毎日消毒をして貰って自然に傷口が塞がるのを待ちました。

ある日、余りの暴言に私が「おばあちゃんの顔を見るのも嫌」と言ったことがあるのです。すると義母は「あっそう、そしたら、あんた出て行き！」私も負けじと「おばあちゃんが出て行き」すると「私はここの家の人間や、あんた後から来たんやろ、だからあんた出て行き」私は腹が立つより思わず、「冴えてる～」と感心し「じゃあ出て行くね」と友達の家に行って思い切り喋って笑って1時間ほどして帰ると「何処行って来たの？」夫は一切無言（笑）。

私達2人のドンパチ劇でした。


夫と2人で義母を介護し、また義姉は自分の家をデイサービスの場所として連れて帰って面倒を見てくれ、皆が協力してくれました。娘も息子も義母に優しく大事にしてくれました。夫も会社員の頃は夜しか見ていなくて分からなかったのが、24時間自分の目で見て義母の性格もわかり、義母に対しての見方が180度変わりました。

100歳のお祝いに小泉首相から賞状と銀杯をいただきました。

持参された方は、最近は自宅にお届けすることは少なく、殆どが病院か施設だとおっしゃっていました。

その後、だんだんベッドから起きられなくなり、私の姿が見えないと呼ぶので、ベッドの横で義母が眠るまで読書しながら過ごし、眠ったら離れる、目が開けばまた私を呼ぶので、そばに駆けつける、を繰り返す数日間を過ごしました。

その数日後、救急車で運ばれることもなく、点滴の1本も打つこともなく、本当に安らかに101歳の生涯を閉じました。老衰でした。

2週前までデイサービスにも行っていて、湯灌のため入浴用の車が表に駐まっているのを見て、近所の人はデイサービスに行けなくなったので、入浴介助の車だと思っていたようです。家族の目の前で死装束をして貰い、その夜、家族、子供、孫、皆で、一枚ずつ写経をし、それぞれ自分の手でお花の上に写経の布団を重ねていき、皆のあたたかな思いに包まれた綺麗な姿で旅立ちました。娘婿のお父さんが写経用紙と筆ペンを用意して教えてくれたのです。

後で嫁に聞いた話ですが、息子がおばぁちゃんに手紙を書いていたそうです。中身は分からないけれど封筒の上から「おばぁちゃんありがとう」と書いてあるのが見えて、「それを見て私もウルウルになりました」と教えてくれました。

そしてそっと棺の中に入れたそうです。義母も嬉しかったことでしょう。

近所の人も「おばぁちゃんにあやかりたい」と皆言ってくれました。

私も、今は義母が長生きしてくれたことで、いろいろな体験ができ、私自身が成長できたことを心から喜んでいます。

こんな気持ちで義母を見送れたことに、私は本当に幸せだなぁ、徳をいただいたなぁと暫く満足感に浸りました。

そして満中陰法要の席上、夫は親戚の前で皆さんへお礼の挨拶の後、「自分の親でもこれだけのことはできないというくらいのことをしてくれた家内に乾杯！」と言ってくれたのです。

全員大拍手。嬉しいより恥ずかしさいっぱいで、本当に穴があったら入りたかったです。

日頃無口な夫が・・・

私は皆に恵まれていました。

義姉とは仲良く、嫌と思ったことは一度もないのです。義母よりも義姉が一番優しかったですね。

何時かの母の日に義姉が私に電話で「おばぁちゃん今何が一番ほしいかなぁ?」と。「私は母の日に何もしたことがないんやけど・・」と言うと、「あなたは365日毎日母の世話してくれてるから何もしなくて良い」と言ってくれました。本当に私は母の日に一度も贈り物をしたことはなかったのです。義姉にはこれだったら義母が喜ぶと思う物を伝えました。

私も若い頃は夫が親孝行なので、義母と私に対する態度が違うことに内心腹を立てたこともありました。でも今は、親を大事にする人を私は好き、親を大事にする人は、奥さんにも子供にも優しいはずと相談された人にも言っています。

そして、元気な夫で義母を見送れたことに感謝です。

夫婦で国内旅行

義母の一周忌を無事済ませることができました。

今まで何処へ行くにも家のことが気になり、二人で出掛けた時などは特に、用事を済ませると急いで帰るという生活でした。ところが、今は出掛けて、ちょっと遅くなっても、気にせず行動できる。これって嬉しいね、でも最初から自由気ままに行動できていれば、この嬉しさは感じなかったやろうね、と夫と話しました。

それから、二人でいろいろなところに旅行に行きました。

草津温泉、奥道後、勝浦、湯布院、黒川温泉、真福寺～岡崎、浜名湖、焼津、霧島、指宿、沖縄、北海道など、留守中の心配がなくなり、自分たちの準備だけをしたら良いので、安心して出かけることができました。

また夫は、地域の老人会の会計、子供の見守り隊などもさせて貰っていました。

2010年　夫のヘルニア手術と私の次の挑戦

夫は、前年の暮れから腰が痛むようになりました。

病院の先生はなるべく手術しなくても良いようにとブロック注射や、根ブロック注射を試みてくださいましたが、全く効果がなく、結局ヘルニア手術をすることになりました。

幸い術後の経過も良く、しびれも他の後遺症も全くなく普通の生活に戻ることができました。

私はというと、また次の挑戦に進みます。

ケアマネージャーの資格取得に意欲が湧いてきました。

年齢的にもその仕事に就くのは無理かもしれませんが、資格をとりたくなったのです。

普通はヘルパーから介護福祉士、そしてケアマネージャーにという順序で行くのですが、私はヘルパーから一足飛びにケアマネージャーなので、ヘルパーの勤務時間が何時間あるか調べてもらいました。訪問軒数も少なかったし、10年間でようやく受ける資格ができ、事務所で証明をもらいました。

勉強してみて我ながら余りの頭の悪さに驚きました。試験勉強なんて何十年もしてなかったし、やっぱり独学では無理かな〜と諦めかけましたが、テキストを何冊も買ったのにと思い直し、何回も何回も繰り返し勉強しました。するとすこしずつですが、頭に入るようになり、最初は問題集を解いても、ことごとく×××だったのが、徐々に○○も増えてきました。

筆記試験当日、夫は鉛筆を削って用意してくれ、娘は落ち着いて楽〜な気持でねと、朝に電話をくれ、元気に出発しました。

府立大学の試験会場に行く途中、ふと鞄の中を見てビックリ！　鉛筆を入れたペンケースを忘れてきているのです。あっ、またやってしまった!!

慌てて駅の近くのコンビニに戻り、削った鉛筆と消しゴムを買い、試験会場に向かいました。

早く気付いて良かった、会場で気づいたのであればパニックになっていたでしょう。

感謝、感謝。またお陰をいただきました。

息子には、鉛筆忘れるなんて靴履くのを忘れたのと一緒やと笑われました。

アクシデントはありましたが12月見事合格通知を頂きました。次は実務講習です。

ところが、ところがです。

翌２０１１年1月大変なことが起きました。

２０１１年　大動脈解離で緊急手術

1月24日、夫は午前中歯医者へ行き、普段通り昼食をとり、私は午後から1軒だけヘルパーの仕事に出かけました。テーブルの上に携帯電話を忘れてです。

その間に大変なことが起きていたのです。

夫は急に胸が苦しくなり、私の携帯はテーブルの上。これは普通じゃないと自分で救急車を呼んだのです。そして近くに住む義姉に「しんどいんや～」とすごい声で電話。

義姉がびっくりして来てみると保険証など自分で用意していて、おろおろする義姉に

「そんなに慌てなくても良い」と言ったそうです。

そして、義姉が自分の娘に電話をして、その姪夫婦に家の戸締りと皆への連絡を頼み、一緒に病院へついて行ってくれたのです。救急車の中で夫は意識がなくなったそうです。

何も知らない私は、帰宅すると夫がいないので、どこへいったのだろうと2階を捜したり、履物を確認したりしているところへ娘から電話。

「何十回も電話してるのに！　どうして帰ったらすぐに携帯を見ないの！」と叱られました。そしてすぐに姪の夫が迎えに来てくれたのです。

私以外は皆病院に行ってくれていました。

心臓の血管がバームクーヘン状態でいつ破裂するかわからない状態。予断を許さない。麻酔の先生の説明も廊下で立ち話を受けるという状況で、何が何だか夢をみているようでした。

5時間に及ぶ手術で、先生が胸を開いた時は血管が裂けて血だらけだったようです。輸血もずいぶん行ったようで、手術はひとまず成功しましたが、依然予断を許さない状態でした。

明日朝は何時に来てもらっても良いとのことだったので、一旦帰宅しました。

病名は、大動脈解離でした。

翌朝6時過ぎに息子夫婦と一緒に病院へ行きました。

ＩＣＵでの家族の面会時間や入室の方法などの説明を受け、個室に入りました。

ベッドの所で先生の説明を受けました。依然意識はなく、腎臓の機能が悪いため尿の出が悪い状態。むくみがあり、脳へのダメージを最小限にするため、明日の面会時間には透析をしているかもとのこと。何れにせよ多臓器不全、腎不全の状態で予断を許さないとのことでした。

次の日、午後の面会に娘と一緒に行くと目が開いていて、「パパ！　パパ！」と娘が呼ぶと大きく目の玉を動かしたが、血圧が急上昇し、先生から刺激を与えてはいけないと言われました。手も足も顔もむくみがあり、透析をしていました。脳もむくんでいるが、尿が出て腎臓の機能が回復し、脳の沈静を取り戻し、自然に意識が回復すれば良いという説明あり。

翌日、看護師さんに口の洗浄をしてもらって、目が開いていたので、「分かる？」と言うと、うんと頷きいっぺんに泣き顔になりました。あ〜私の顔がわかっている、良かった〜。

主治医より、肺気胸起こし処置、脳に沈静をかけているから休ませた方がいい。まだ腎不全、多臓器不全の状態だと説明あり。でも、まずは私のことがわかっていたようで少し安堵。

翌日、目が開いていて、突然話し出す、「○○さん来てたやろう」と夫の小学校からの友達の名前を言うので、「来てないよ、知らせてないもの」「あれだけ大きく新聞に写真入りで載ったのに。30人も怪我をした。階段で自分が一番最後に飛んで、自分の飛び方が悪くて皆が怪我をした、だから保証しないといけない」「誰が？」「パパが。だからお金も皆なくなる」「えっ何？　そんなことしてないよ」と言ったが納得しない。あまり言うと混乱するだけと看護師さんに言われる「？？？？」

どうやら何かのサークルに参加して、自分の飛び方が悪くて皆を怪我させたと思っているようだ。

息子の嫁と一緒に面会に行った時は、「しんどい。しんどい。早く楽にしてほしい」「ママお世話になりました。ありがとう、ありがとう」と、30回くらい。

嫁には、「息子と仲良くするように」と何回も。これは死を覚悟しての言葉のようです。

主治医より「大手術の後で、人工呼吸器を外し自発呼吸にしているので、本当にしんどい状態だと思う。死にたい願望があっても当然」とのこと。

薬が効き少し楽になったようだ。「ママ早く来てくれたんやなぁ〜　ずっと待ってたんや」と。

きっと救急車呼ぶときも待ってたんやろうなぁと、申し訳なく思う。早くしんどさが取れますように・・

そして、事あるごとに事故の話が出てくるが、息子から、それに一々反応しないで聞き流すようにと言われる。


翌日、部屋に入るなり夫が、「朝、身体が硬直し、化石になり、血圧も400まで上がり、もう死んでいる状態。常識で考えても生き返るはずがない。それなのに、その寸前で止められるなんて、そんなこと殺生や!!」

そこへ主治医が来られ、別室に案内されました。せん妄があり、かなり先生を罵倒したとのこと。

「夜中に緊急手術をしたにも関わらず、患者さんにあそこまで言われるとショックです。本心かどうか分かりませんけどね、もし本心であるなら連れて帰ってもらって結構です。治療ができない状態です。面会謝絶くらいのつもりで、家族の面会も最小限に」と言われてしまいました。

私は先生に申し訳ないと平謝りするしかありませんでした。

夕方もう一度面会に行くと夫は薬で眠っていました。

看護師さんが外まで出てきてくれて、「先生から言われたことを気にしておられると思いますが、病気が言わせていることなので全然気にしないでね」と言ってくださいました。

今日は少し期待を持って行ったので大ショック！

後でわかったＩＣＵでの主治医への暴言のやりとりです。

夫は朝、痙攣をおこした後、「白血病13年間のストレスから解放され、これで楽になれると思ったのに、先生に無理やり引き戻された。余計なことをするな！　これは過重医療だ、すぐ中止してくれ！　余計なことはするな！」と。

先生「緊急手術後、一睡もせず患者を死の淵から助けたのに、余計なことをしたとは…、病院は治す薬はあっても死なす薬はありません。すぐにでもお金を払って帰りなさい！」と声を荒げて言ったそうです。

先生の腹立ちも解るけれど、術後にひどいせん妄状態になっている患者に対して、医師が放つ言葉でしょうか？　先生が患者に対してけんか腰で対応するのでしょうか？

そして、患者の家族に対して、予断を許さない状態の患者を連れて帰れなんてひどすぎる。

いつも温和で、子供にも声を荒げて怒ったことがないような夫が、万に一つも本心なんてありえない。悔しくて悔しくて、たまりませんでした。私は病院長にお話しようと思いましたが、息子の「今は言うな、治ってからにせよ」との言葉で思いとどまりました。

この日は一般病棟への移動の予定でしたが、発熱のため延期になりました。全身をCT検査で調べた結果、尿路感染症ということが分かり、抗生物質を投与することになりました。

翌日は熱が上がらず、このまま薬が効いてくれたら一般病棟へとのこと。

その日は、老人会の会計書類を会長宅へ持っていくように言い、小学校の見守り隊は辞退すると言ったり、勉強していた漢字検定準2級は皆忘れてしまったと言ったり、通常に戻ったかのようでした。

ですが「人生最後に大恥をかいた」と、事故をおこしたという夫の思い込みは消えていませんでした。翌日主治医が「抗生物質が良く効いているようだし、今一度肺を調べて水を抜きます。そうしたら肺の機能が良くなり、楽になると思う」

3日後、一般病棟個室へ移動し、3日程家族が付くようにとのこと。

夫はしんどい、しんどいと繰り返す。

主治医より「尿路感染症、腎盂炎、敗血症、死にかけて手術したんやからしんどいのは当たり前、あとは自分から治療への意欲を出すことだけだ」との説明がありました。

個室病棟の看護師さんとお話した時、夫の主治医はすごく腕が良いのですが、メンテナンス面がちょっとねと聞きました。

翌朝になっても、しんどい、しんどいと言い、絶対良くならないのやからと繰り返し、薬も飲まない。

夫は、ＩＣＵで自分の言ったことは全然覚えていないのですが、先生に怒られたことが凄いショックとして頭に残り、怯えている様子です。

夜になると少し落ち着いてどうにか眠ることができました。

主治医が、「明日、精神科の診察を受けるようにしますが、それですぐ良くなるものでもない」と話しかけても、夫は顔からタオルを取らずにいたところ、先生は「薬を飲めないのだったら、鼻から胃まで管を通しましょうか！」と。

どうしてそんな追い打ちの言葉を掛けるのだろう、本人にダメージを与えるだけなのにと、情けなくなりました。

それから後はずっと、「明日退院する、誰が何と言っても、退院する」「尊厳死協会へ電話してくれ」「最後ぐらい希望を聞いてくれ」と泣きっぱなし。

病棟の看護師さんに、主治医が来られると血圧急上昇するし、こんな状態で治療はむりと思うと伝え、主治医を変えてもらいたいとお願いしました。

部長先生は，心臓外科のトップの先生で、一緒に手術もしていただいた先生です。婦長さんは「部長先生だったらどうですか」と言って下さり、「嬉しいです是非！」とお願いしましたが、後に部長は主治医にはなれないということで、他にもう一人若い先生と、女医さんだけなので、どうしてもということになれば転院になると言われ、部長先生も、婦長さんも、他の看護師も全力でサポートしますと仰って下さいました。

翌日、精神科の診察。

優しく話を聞いてくださいましたが、診察後はすごく疲れている様子。

先生は、「最初から何も言ってくれないと思うけれど、回数を重ねて伺う由、薬を飲めないようなら点滴も考えます。出来る限り良い方向に持って行きたい」とのこと。

手術の時、主治医に付いていた女医さんが来られ、こんな状態になっていたとは、こちらとしても申し訳ない。主治医の変更は難しいと思いますが、その分周りでできる限りサポートします。血液検査結果も手術結果も良好、感染症も大分良くなり、もう少しと言うところまで来ているとのこと。

と思っているのです。

〜夫の思い込み〜

事故のことを言っても、先生は全く聞く耳を持ってくれないので、先生の全てが信用できなくなっていると共に、どんな治療をうけようとも絶対に家には帰してもらえない、と思っているのです。

早朝、とうとう夫は両手の点滴を抜いてしまいました。

「これで楽になれると思ったのに、また引き戻された。命は尊い物やけど、ここまでするのは殺生や」と薬は全部拒否。

夕方、主治医と婦長さん同行で薬の説明に来て下さるも、先生に「帰してほしい、家に帰してほしい」の一点張り。

先生「今は駄目、帰る準備の段階、今帰したら殺人です。私も殺人者になりたくない。口から食事ができ、薬が飲めたら何時でも帰ってもらいます。こちらもできるだけ早く帰ってもらいたいのです」

この言葉は大きかった。夫は絶対家に帰してもらえないと思っていたから。

その後、息子が来て、「今帰ってもトイレにも行けず、ご飯も食べられない。薬が飲めて、口から食事ができるようになったら俺が絶対に連れて帰ってやる。俺を信用せよ。絶対連れて帰ってやるから」と。

それからの夫の表情の変わりよう。

あ～良かった、やっとトンネルの先が見えた。夜の薬もスムーズに飲めた。明日から、おかゆが出るらしい。

そして翌朝はおかゆを殆ど完食、薬も全部飲めた。体温、血圧正常、その後楽そうに眠っているので一旦帰宅。

その間に主治医が抜糸に部屋へ、私が病院に戻ると夫の表情が朝と一変していた。

あまりの表情の変わりように婦長さんに、家族がいる時といない時の先生の言動が違うのじゃないですかと言いました。あ～また逆戻りや！

私は夫の先生への不信感をどうしたら取り除けるかと、夫の小学校からの友達の医師に相談しましたが、白血病を抱えながらの、大動脈解離の手術で助かることはまずないのだから、先生を信頼して欲しいとのことでした。

夫は先生が来られると怯えているので、何とかならないかと、可哀そうで仕方がなかったのですが、その話を聞き、先生のメンテナンス面はともかく、腕が良いから助けていただいたのだ、私まで不信感を持ってはいけないと反省し、先生のメンテナンス不足を私ができるだけ補助しようと思いました。

その後4人部屋へ移動。

相変わらずテレビも見ようとしなかったが、他の患者さんと看護師さん、先生との会話などが勝手に耳に入るのが良いかもしれない。

孫娘がお見舞いに来てくれた時は泣いていて、帰る頃はテレビのスイッチを入れていた。


少し進歩かな。

その後、回復基調で落ち着いてきました。そして、シーツ交換の間ティールームまで行くことができました。部長先生もティールームに来られていて、「出世したな～、頑張ったな～」と言われました。

大分落ち着いてきたので、事故などはなく、パパは何も悪いことなどしていない旨を説明すると、半信半疑ではあるけれど聞く耳を持つようになり、もし本当だったら救われる、ほっとすると安堵した顔に。食事は3食とも完食。

翌日、入院当日の歯医者の領収書を見せると、「そしたら東大阪の方には参加してなかったのやな」と。手術前後3日間の新聞を見せると、半分は納得。「事故だったら事故現場から救急車で病院に来たはずだ」と話し、「パパは家で胸が苦しくなって、私は携帯忘れて仕事に行ってしまっていたので、自分で救急車を呼び、お義姉さんに一緒に乗って来てもらったんよ。救急車が家にきた時は近所の人が沢山見守ってくれてたやろう、パパは自分が事故を起こし皆に迷惑を掛けたと、すごく罪の意識を感じていたけど、そんな罪の意識感じること全くないんよ」と。

するとやっと全部思い出せたようでした。

夫の表情が大きく変わり「良かった～。良かった～。これで近所の人にも親戚にも友達にも顔向けができる。良かった～！！」

あ～～～やっと解けました。

部長先生に報告し、「こんなことってあるのですか？　映像まで残ってるなんて」先生曰く「予定されている手術と違い、緊急手術の場合はせん妄が起きやすいが、ここまでの状態は初めてです」「でも、奥さんが毎日様子を見ておられたので、せん妄を解くタイミングがバッチリでしたね」と言って下さいました。

自分の罪の意識が薄れ、徐々に気持ちが楽になり、顔からうつ状態の表情がなくなってきました。本当に良かったです。

その後順調に回復し院内で散髪もしてもらい、3月上旬には退院できる見込みになりました。

主治医の先生も、優しい笑顔で、こんなに早く回復するとは思わなかったと言って下さり、本人も嬉しそうにしていました。

整形外科診察、ヘルニア手術の跡もきれいに回復し全く異常なしと言って下さいました。

血液内科診察、歩いて診察室へ来られるとはとびっくりされていました。大動脈解離は少しでも遅ければ死に至る病気で、九死に一生です。本当に良かったと喜んでくれました。

2月28日、退院
息子も夫の歩く姿を見て、それだけ歩けるのであればこれから毎日歩くこと。杖も見る限りいらない、むしろ無いほうが良い。最低限自分のことは自分でして、ベッドでの飲み食いはしないようにすること。心臓自体は悪くない、悪い所は新しい血管に交換したのだから普通に生活できると。

そして夫からは、当日私が携帯忘れて行って良かったと。連絡が取れていたら私の帰りを待っていたかもしれない、そうしたら手遅れになっていたと。あっ、そうかもしれない、携帯忘れて行ってて良かったんだ〜。

入院中、毎晩毎晩、病院の電話部屋から息子、娘に電話で報告し、話ができたことで私も元気になり、疲れもストレスも感じず、乗り越えることができました。娘家族、息子家族には感謝、感謝です。

その後5月には娘宅で快気祝いをしてくれました。

その席上、息子夫婦に結婚6年目にして妊娠報告、双子とのこと、嬉しい嬉しい快気祝い！

6月、実務講習も終え無事にケアマネ資格を取得することができました。70歳の時のことです。もちろん事業所で最高齢でした。

ただ資格を取っただけになりましたが、その勉強をすることにより、知らないことをたくさん知ることができて満足でした。

10月、息子夫婦に無事双子の女の子が誕生しました。

嫁の実家がお店をしているので、出産後のお世話をお願いしたいと言われ、娘の孫育てから20年もたっていて、充分なことができない心配はありましたが、娘夫婦にも協力してもらい、最初は息子宅と自宅を3往復しながら、嫁のお姉ちゃんとでローテーションを組んで何とか無事に乗り切り、お宮参りには嫁の両親、夫も一緒に行くことができました。

その後、孫の世話もだんだんと間隔があき、1週間に1回くらい行けば良いようになったので、夫も一緒に行くようになりました。

双子の女の子の孫が生まれました

孫が昼寝をしている時、私はアイロン掛けをしたりしていましたが、夫はいつも孫の横で昼寝をしてるのですよ（笑）。

娘に言うと、私の家でさえ1回も昼寝をしたことが無いのに、あの神経質なパパが弟宅で昼寝ができるなんて！とびっくりしていました。

後に嫁に「お父さんが来ていても、いつも嫌な顔一つせず笑顔で接してくれてありがとうね」と言うと、「普通はお舅さんが家に来られたら、もっと気を遣うのかもしれないけど、お義父さんにはそんな風に一度も思ったことがない」と言ってくれました。

人一倍気を遣う性格の夫を、息子の家で我が家と同じように過ごさせてくれた嫁に有難うです。

2013年　金婚式

10月で結婚50年。

いろいろなことがありましたが、今は何の心配もなく、穏やかな気持ちで金婚式を迎えることができました。感謝です。

子供達から金婚式のお祝いを貰いました。

二人の名前を合わせた7文字を頭にした言葉の額と息子家族、娘家族の写真２００枚内蔵のフォトフレームです。

2015年　私のガン手術

私が、かかりつけ医で胃カメラ検査をしたところ、ガンが検出されました。先生からは「早期ガンだから、内視鏡手術で1週間くらいの入院で大丈夫だと思うよ、良かったな～」と。「先生去年だったら、もっと良かったのですか？」と聞くと、「いや去年だったら見つかってなかった、本当にグッドタイミングだったな」と言われました。

翌朝、公園の仲間に、「検査どうだった？」と聞かれ「ガンだったよ」と言うと「嘘でしょう」と言われました。笑いながら言っていたので、てっきり嘘だと思ったのでしょう。

私は、必要以上に深刻に考えない性格なので、本当にドキドキもなかったです。夫の方がショックを受けていました。

そして夫のかかっている病院を紹介され、6月に手術し、丁度1週間後に無事退院す

孫の結婚式で

ることができました。

2017年　平穏な日々

前年には、孫の結婚式にも出席することができ、夫はスピーチで感極まって涙声になっていました。その孫に女の子が誕生し私達の初ひ孫です。孫が実家に里帰りしていたので、勤めている娘に代わって、10日程お世話をしてあげることもできました。あんなに痛かった膝も全く痛みが無く、私を必要とする時はいつも不思議とお陰をいただけるのです。感謝　感謝。

血液内科の診察では、夫は寛解状態ですので、いつも副作用の強い薬を処方されるだけなのです。その分腎臓が悪くなりカリウム数値が高くなっていきました。

食事療法が必要で、野菜は全てボイル、果物は缶詰、毎朝自家製ジュース（人参・リンゴ・レモン・小松菜）。この自家製ジュースは、白血病当初から1年365日毎日飲んでいました。最初は義母と3人分、その後2人分、今は私1人分になりました。

腎臓の先生はとても良い先生で、検査の数値を見ながらいつもいろんなことの相談に乗ってくださり、アドバイスをいただきました。

二人ともあまり深刻に考えず、よく外出もし、家では読書やパズルを楽しんでいました。

夫とは家庭ではいつも夫婦漫才のような言葉のキャッチボールをしていました。なんでも深刻に考えてしまう友人からは、あなたみたいな性格になりたいと言われ、娘に会った時もそう言っていたようです。

娘の夫はそれを聞いて、「うちではお母さんのことをサザエさんと呼んでいます」と伝えたらしく「あっなるほど！」と友人は変に納得し、それ以来「サザエさん」と言って電話してくるのです。他にも私のことをサザエさんと呼ぶ友人がもう一人います。

2019年　再手術を乗り越え訪問診療へ

年に1回の心臓のCT検査で、夫の人工血管の継ぎ目に動脈瘤ができ、大分大きくなっていると言われました。

息子と3人で心臓の先生の説明を受けました。先生からは、いつ破裂するかわからない状態とのことで手術を勧められました。

夫は「手術しないで天命を待つ」と言いましたが、先生は「そんなに早急に答えを出さないで家族でよく相談して考えて下さい」とおっしゃいました。

因みに、今回の先生は以前の大動脈解離の手術の先生とは違う先生です。以前の先生は、あの後暫くして、異動になっていました。

長年の白血病薬の副作用により腎臓がかなり悪く、万が一の場合は透析になり、出血しやすく止まりにくいリスクもあるとの説明がありました。

息子は、手術しないという選択肢はないと言いましたが、私は夫が決めたことを受け入れるつもりでしたので、私からは何も言いませんでした。

先生からの説明を息子から娘に伝えてもらいました。

夫は、手術をしない決心をしたものの、いつ破裂するか分からない恐怖心を抱えながらの生活に耐えられるかと悩んでいた所へ、娘からメールがきたそうです。

そして私に「手術を受けてほしいと言っている」と。「ふ〜ん、そう」と私。

その2日後にメールを見せてくれたのです。

「一番はできれば手術は受けてほしいと思う。ず〜っと長生きしてほしいと思う。二番目は私は子供で既に別居している立場やから、これからの人生長い短いではなく笑って過ごせる期間を多く持って欲しいとも思う。

でもずっと一緒に暮らしているママの立場だったら、一人残されるかもしれない寂しさを考えると、たとえ後遺症が残っても寝たきりになっても生きていてほしいと思う。本当はそう思っていると思う。でもパパがまた術後にあんなしんどい思いをして、透析をものすごく辛いと思うかもしれないと思ったら、パパにそんな思いをしてもらいたくないからママは手術を勧めることはできないと思う。ママは自分のことよりパパのことを第一に考えているから。いくら考えても答えがないけど、周りではなくパパ自身がどうしたいか考えて出した結論に私は反対しないから」

私は「よく見てるわ」と一言。

夫から娘への返信

「ありがとう　素晴らしい家族に乾杯」

それから3日後、夫は手術を決心したのです。

迷っていた気持ちを娘が後押ししてくれたので決心できたのです。

夫から、病院の先生、息子、娘に自分で連絡をしてもらいました。

夫「先生、手術をお願いします」

先生「そうですか。考えが変わりましたか」と。

夫は手術することになり、ほっとしている様子。

腎臓の先生からは、カテーテル検査で大きな腎臓の変化はなかったが、貧血がひどいので輸血を私の意見としてカルテに書いておきます。入院中もデータをずっと見ておくので安心して頑張ってくださいと言っていただきました。もの凄く心強い先生です。

5月17日入院。

先生からの説明で、場合によってはシンプル手術が出来るかもしれない、それができれば、手術の時間も半分で術後のダメージが全然違うとのこと。どうかシンプル手術ができますように。

5月20日手術。

先生から説明があり、癒着がひどく剥がすのに時間が掛かりシンプル手術はできなかったとのこと。

術後は顔を見るなり「世話かけたな～」と、前回の術後の時の様なせん妄がなさそうで一安心。

ところが2日後、手術したことは全く覚えていなくて、怖い怖いと繰り返し言ったり、食事も毒が入っていると拒否したりしたので、またまた不安がよぎりました。

そこで20年前の白血病、8年前の大動脈解離の手術、年1回の検診、仮性動脈瘤手術決定までの過程、検査入院、手術と時系列に書いて夫に渡しました。それで納得したようで、今回はせん妄も2日くらいで解けました。

午前中、首からの透析そして、午後からは個室へ移動。

何を食べても、何を持ってきても良いとのことでしたが、食欲はなく、あまり食べませんでした。

でも、一応リハビリもこなし、採血、尿、諸検査異常なく、退院となりました。

帰宅するなり、「家は落ち着くな〜」と第一声。

そして「いろいろお世話になりました」と言ってくれました。

息子は、今のまま全然歩かなかったら1ヶ月後は確実に車いす生活になるので、毎日、午前20分と午後20分はマンションの廊下を歩くこと。歩かないと転びやすくなり、転べば大腿骨骨折そして寝たきりのパターンになると。

介護職の息子からの助言は厳しいですが的確です。

介護保険を申請し、ベッドの手すりを借り、寝起きが楽にできるようにし、毎日少しずつ歩きました。退院から9日後、右鼠径部よりリンパ液が流出し、その2日後に病院へ行き、何針か縫いました。肺水腫がひどく、リンパ液流出の手術を兼ねて、再入院となってしまいました。

右鼠径部リンパ漏れ手術後、肺の水を1000cc、翌日1000cc抜くも、また翌日には1000cc溜まっている状態。

腎臓の先生より透析を考えた方が良いとのことで、心臓の先生と相談し、シャント手術を検討するも血管が細くてできないとの判断になりました。

人工血管での方法が提示されるが、夫は先生に「透析はしないで下さい」と。

先生は、「一人で決めないでご家族の了解の元で決めましょう」と言ってくださり、息子・娘と一緒に話し合いをする時間を取って下さいました。


先生、看護師さん、夫、息子、娘、私と部屋に集まりました。

まず夫は、「先生どうか透析は中止にしてください。これからの人生1週間に3日3〜4時間も拘束される生活は耐えられない」と。

先生は、「尿毒症を起こせば数ヶ月ですよ」

夫は、「これだけ皆に良くしてもらって、たとえ寿命が短くなっても全く悔いはないです」

先生は、私に、「奥さんはどうですか?」

私は、「これだけ良く頑張ったのだから本人の意思を尊重します」

先生は、次に、「子供さんたちはどうですか?」

娘は、「先生のご家族であったらどうされますか?」

先生は、「皆それぞれの人生観はあると思いますが、これだけリスクがあれば私も本人の意思を尊重します」と、先生も医師としてではなく、同じ家族の立場としての意見を言って下さり、夫は嬉しそうに先生に最敬礼していました。


翌日も胸水1000cc抜く。

その時、夫は、心臓の先生に「治療の過程で透析になるかもしれないとの説明はしていたのに、今になって断るのであれば私はこの手術は受けていない」と言われたようです。

何と言うことを!　どうして本人に言うのでしょう!

腎臓の先生は「今後胸水の溜まる速度も速くなり、いずれ食事もとれなくなると思う。その時のことを考えて訪問診療を考えられた方が良い」と、専門の看護師さんまでつけてくださいました。

かかりつけ医に連絡するも、往診はできるが胸水は抜けないとのことで、胸水を抜ける訪問診療の先生を探して下さり、腎臓、心臓、血液内科、各先生からの資料を訪問診療クリニックに送ってくださいました。

血液内科の先生（20年前から3人目）からは、「今は白血病の病状は安定しているので、訪問診療の先生の指示に従ってもらって結構です、薬を飲んでも飲まなくても良いくらいです」と言われたそうです。

7月4日退院。午前中に退院し、午後からは訪問診療の先生が自宅に来てくれるように、腎臓の先生と、専門の看護師さんが全て手配してくださいました。

そして、すべてを訪問診療クリニックに依頼することが決定し、無事退院することができました。

一患者にこれだけのことをしていただけるのかと、家族一同感謝の気持ちでいっぱいです。

午後には、訪問診療クリニックの先生、看護師さん、事務員さんが来て下さいました。

聞き取りをしてくださった結果、白血病の薬は即日中止することになりました。

翌日には、クリニックからの手配で、ケアマネさん、ベテランの看護師さんを担当にして下さいました。

先生が処方された薬は翌日には薬局から届けてくれ、薬剤師の方も専用のカルテを持って丁寧に説明して下さいました。

点滴液10本、酸素の器具もすべてそろえてくださり、終末医療の段取りなのかもしれません。

次回、エコー検査をして胸水を抜くつもりで準備して来られましたが、あまり溜まっていなくて抜き取りなしでした。

先生はまず一番に食欲が出るようにと考えてくださり、入院中にあれだけ食べられなかった食事が、食べられるようになりました。

そしてマンションの廊下歩行から、周囲も1周をぐるりと歩けるようになりました。

病院での1ヶ月後の診察、
胸水が減っており、貧血も改善、腎臓の数値も前回よりさらに良くなっている。心臓の術後も問題なく、次回の診察は来年5月、そして「透析しなくて良かったですね」と。

あの「透析をしない決定をするのであれば私はこの手術は受けていない」とまで言った先生がですよ。私は目が点になりました。

11月6日、訪問診療。

採血の結果、先生もびっくりするほど改善されているとのこと。特に貧血の数値が良く、本当にありがたいことです。そして夫も手術を決心して良かったと心から思えて嬉しそうです。

その次の訪問診療。

私は「こんな穏やかなお正月を迎えられるとは夢にも思っていませんでした」すると、先生は、「お父さんもお母さんも腹くくっていたからな、出来るだけのことをしようと思った」と言って下さいました。本当におまけの人生をいただいたと思っています。

その後夫は自転車に乗れるまでに回復し、スマホを購入に行ったり、好きなメダカを買いに行ったりしていました。散髪も最初は自転車で、次は歩いて、その次は歩行器で、最後は車椅子で行っていました。

2020年 みんな揃ってお正月

２０２０年　仲良し夫婦

1月2日、娘宅で息子家族と娘家族総勢13人集まり、楽しいお正月を迎えられたことに感謝です。5月にはひ孫2人目が誕生するという、嬉しい報告も聞くことができました。

今年初めての訪問診療。先生から見て何処も悪くないと言ってくれました！

何処も悪くないという言葉を聞き、夫も私も、病気の不安や苦しみが全くなく精神的に本当に穏やかな生活を送れることに、どれだけ安堵したことでしょう。このまま1日でも長く過ごせますように。

ケアマネさんが来られた時、凄く仲が良いねと言われました。年配のご夫婦は殆ど会話がないところが多いのにとおっしゃっていました。

息子が来た時のこと、夫は「パパが死んでも、和歌山の墓には入らないから、一心寺へ入れてくれたらいい、そして、和歌山の墓は墓じまいするように」と言ったのです。私のひざ痛を心配し、子供達のことも考えたのでしょう。

でも私は、夫が白血病になった時、大変な思いで建てたお墓を墓じまいするには余りにも忍びないからと、何処か近くに引っ越せないかと思いました。

術後1年。病院での心臓検診。

結果良好、次は1年後と言われましたが、夫は、「先生、1年後はもう結構です。何があってももう何もしません」と。

先生も「そうですね。わかりました。そちらの先生の指示に従ってください」と。

腎臓の診察はありませんでしたが、先生にどうしてもお礼を言いたく、受付でお願いしました。すると時間を取っていただき診察室へ、先生はカルテを見て、「退院した時より、また通院していた時より良くなっている、良かったですね。頑張って下さい」と温かいお言葉をかけてくださいました。

これでもうこの病院に来ることもないでしょう。

23年間も長きに渡ってお世話になり、白血病から始まり、痔の手術、腰のヘルニア手術、胆管結石手術、大動脈解離手術、心臓動脈瘤手術、その他手術以外にも何回か入院しましたが、どの病気手術もすべて成功し、どの手術後も普通の生活が出来るようになったなんて、本当に信じられないくらいお陰をいただきました。

9月、図書館まで自転車で行きましたが、大分疲れたようで、自転車はもう無理なようです。でも、退院して1年余りも自転車で行きたい所へ行き、楽しめました。

10月、今度は家で楽しめることをと、夫は超難問のナンプレを揃え、私は難問の漢字パズルとそれぞれ自分の得意とするもので楽しんでいました。

ある日、パズルに夢中になっていると、夫の視線を感じるので、「何?」と聞くと「ご飯は?」と言うので、時計を見るとお昼が大分過ぎていました。

「ご飯いる?」と聞くと「ちょっと腹減ったからな」と。「じゃあ作ろうか」。毎日こんな具合です。

また、近くの会館で「おとなのてらこや」と言う脳トレ教室があるのです。百マス計算あり、まちがい探し、熟語、ナンプレ、その他いろいろあり、他にもグループで大人のゲームを楽しんだりと、内容も豊富です。夫も一緒に入会していましたので、月2回楽しんで、退院してからも毎月参加し、最後は歩行器で行っていました。

11月、墓地募集の広告を目にしました。息子と娘の氏神さんの隣で、私も自転車で行ける場所であり、こんな絶好の場所は無いと、即電話し、息子、娘夫婦も一緒に行ってもらい、和歌山のお墓を引っ越しする契約をしました。

12月、近くの神社まで歩きましたが、夫は外を歩くのはかなり危ない状態になってきました。

2021年　穏やかな旅立ち

2月、和歌山の墓じまい。

息子、娘、私達の4人で、歩行器を車に積んで行きました。

3月、引っ越ししたお墓の納骨式、義姉も来てくれ、無事終わりました。

翌日私の兄死去との連絡があり、どちらも変更出来ないことを、スムーズに運べたなんて奇跡としか思えません、またまた、お陰をいただきました、感謝　感謝です

5月、夫は、ゴールデンウイークから急に極端に筋力が低下しました。

これからは介護中心で、ご家族の負担を少なくして、少しでも快適な生活を送れるようにとのこと。

義姉、姪夫婦、姪夫君も来てくれました。

夫は、リビングまで来て暫く一緒に話すこともできました。

その後、食卓まで来られない時は、部屋食で、そんなときは私も一緒にベッドのテーブルで食べました。

先生からは、今後はベッド生活になると思うが、家族の負担ができるだけ少なくなるようにチームで考えるとのことでした。


その後、夫といろんな話をしました。

「幸せな人生やったなぁ」「子宝に恵まれてね」と言うと「娘はしっかりした滋君がついているから安心や」「息子の嫁さんに良い子が来てくれたのが一番嬉しかった」「そうやね、良かったね」そのつぶやきを聞き嫁にメールしました。

「お義父さんそんなこと話してくれはったんですか。私の方こそ本当に義理のお父さんお母さんにめちゃくちゃ恵まれてるな~といつも思っています。今行って良いなら、すぐに会いに行きたいです」


5月22日、朝39度の高熱。

私はパニックになり、初めて泣きながら娘に電話しました。娘がすぐに来てくれ、ホームケアに電話。薬局からすぐ座薬が届くものの、午後には37度まで下がり使用せず。

5月23日、平熱になるも食欲はゼロ、勿論薬も飲めず、とろみをつけて服用するも、ほんの少しだけ。

5月24日、先生と看護師さんが来てくれ、点滴をするかどうか本人に確認をとりましたが、夫は何もしない選択をし、家族も同意しました。

点滴も何もしない選択では、食事も水もとれなくなってから3～4日ということでした。

娘夫婦、息子家族5人、娘の男の孫、と皆来てくれました。女の孫家族はテレビ電話をしてくれたので、ひ孫が手を振ってくれる姿を夫も嬉しそうに見ていました。

夫は全部解っていてとても嬉しそうにしていました。

その日は娘に泊まってもらいました。

娘は一晩中夫の体を撫でながら「しんどくない？　しんどくない？」と聞いていましたが、何回聞いても首を横に振るのを繰り返し、優しいまなざしで娘を見つめていました。

娘が「ママに良くしてもらったね」と言うと、大きく頷き涙をぽろぽろ。私も思わず「楽しかったよ～」と。

翌朝、娘は一度会社に行って休む段取りをしてすぐ戻ってくるので、私に少し休んでおくように言って出掛けました。

そしてうとうと眠っていると、夫の手に握らせていた呼び出し用のチャイムが鳴ったので飛び起き「どうしたの?」と顔を覗くと、もう声を出すのも無理だった夫が、じーっと私の顔を見て「間違ったんや」と大きな声で言ったのです。私の心配を除いてやろうと必死で答えたのだと思います。夫の最後の言葉でした。それからまたうとうとし目が覚めると息子の嫁がベッドの横で椅子に座り、ず～っと夫の手を握ってくれていました。

子供たちがコロナ禍で登校時間が遅かったのが、その日から普通授業になり、子供たちを送り出すなり来てくれていたのです。

それから二人で夫の体位を変えたり、からだをさすったり、声をかけたり。

そして、しばらくして二人が見守る中、静かに静かに旅立ちました。

嫁が息子と娘に連絡してくれました。すぐに引き返してきた娘が嫁に「来てくれていてありがとう。ママ一人だったら眠り込んでいたかも。ありがとう。ありがとう」と泣きながら抱きついていました。本当にそうだと思う。またまたお陰をいただきました。

そしてすぐに先生と看護師さんが来てくれました。

心が折れそうな私を看護師さんが思い切り抱きしめてくれました。

先生までも涙してくれていて、娘も看護師さんもびっくりしていました。

最後の最後まで本当に良くしていただきました。

夫は最後まで意識があり、薬が飲めなくなり2日という、本当に安らかな終わり方でした。

死因は老衰でした。

以前夫と2人で会員になっていた葬儀社の会館で家族葬をすることに。

夫はお風呂が大好きでしたので、家族の前でお風呂（湯灌）に入れてもらいました。

葬儀会館には歩いて行ける距離でしたが、夫が一人だと寂しいだろうと、娘と一緒に泊まることにしました。

義母の時の様に皆で写経をして（小学生の孫は3人で1枚）、それぞれが自分の手で棺に納めました。

夫の遺言状

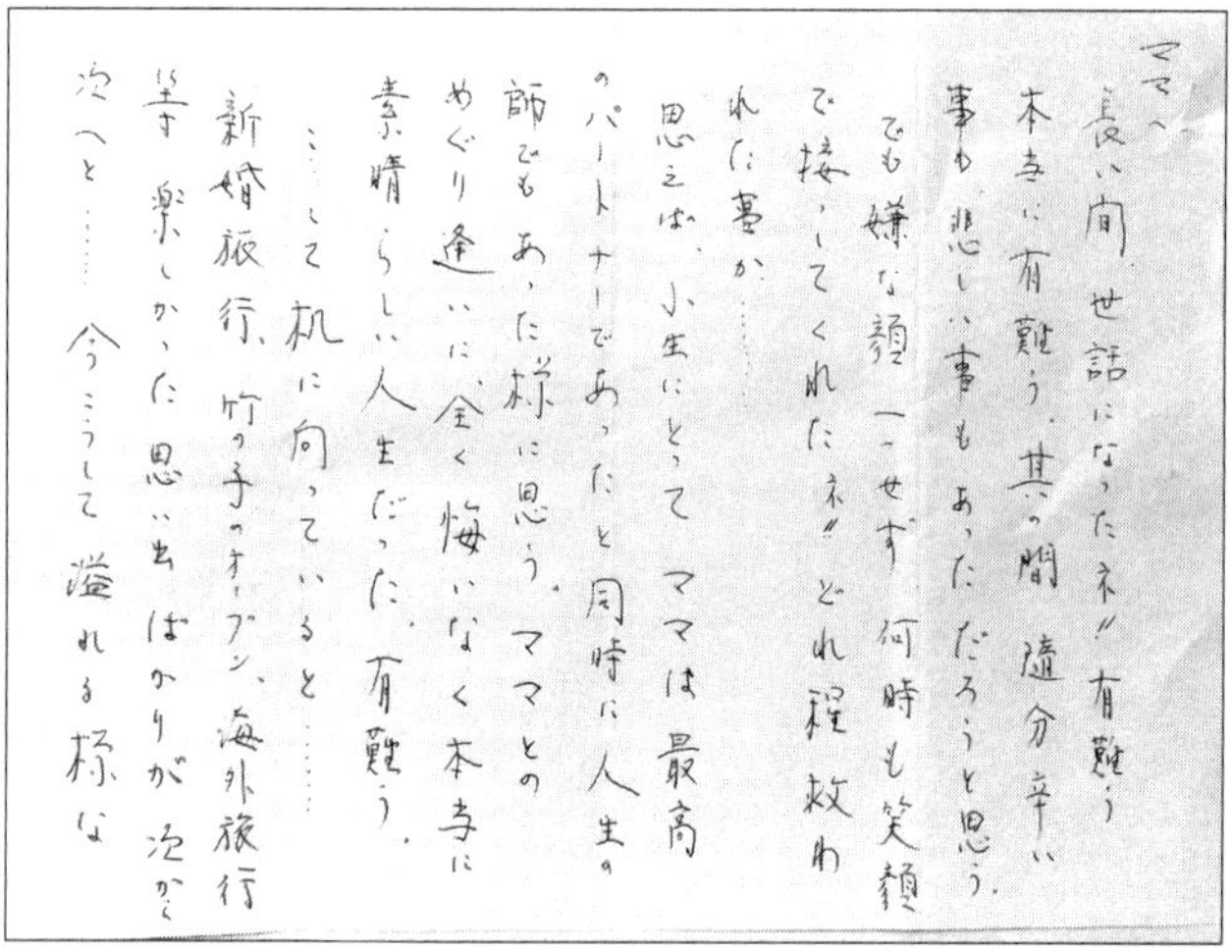
ママへ
長い間世話になったネ!! 有難う
本当に有難う。其の間随分辛い
事も悲しい事もあっただろうと思う。
でも嫌な顔一つせず何時も笑顔
で接してくれたネ!! どれ程救わ
れた事か……
思えば小生にとってママは最高
のパートナーであったと同時に人生の
師でもあった様に思う。ママとの
めぐり逢いに全く悔いなく本当に
素晴らしい人生だった。有難う。
こうして机に向っていると……
新婚旅行、竹の子のオープン、海外旅行
等楽しかった思い出ばかりが次から
次へと……今こうして溢れる様な

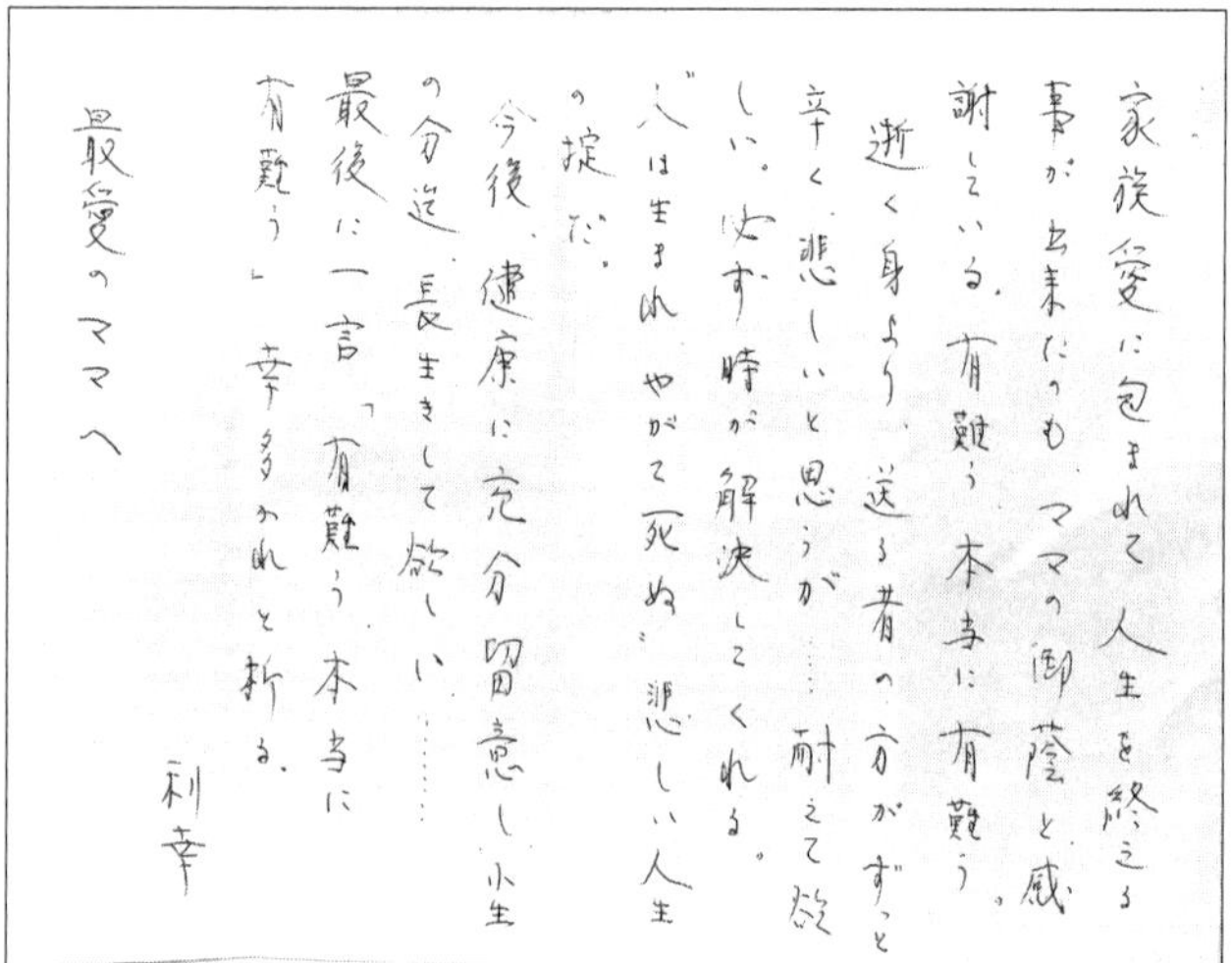
家族愛に包まれて人生を終える
事が出来たのもママの御蔭と感
謝している。有難う本当に有難う。
逝く身より送る者の方がずっと
辛く悲しいと思うが……耐えて欲
しい。必ず時が解決してくれる。
人は生まれやがて死ぬ。悲しい人生
の掟だ。
今後健康に充分留意し小生
の分迄長生きして欲しい……
最後に一言「有難う」本当に
有難う」幸多かれと祈る。
最愛のママへ
利幸

遺言状

ママへ
長い間世話になったネ！　有難う　本当に有難う
其の間　随分辛いことも悲しい事もあっただろうと思う
でも嫌な顔一つせず何時も笑顔で接してくれたネ
どれ程救われた事か・・・・
思えば小生にとってママは最高のパートナーであったと同時に
人生の師でもあった様に思う
ママとのめぐり逢いに全く悔いなく本当に素晴らしい人生だった　有難う
こうして机に向っていると・・・
新婚旅行　竹の子オープン　海外旅行等
楽しかった思い出ばかりが次から次へと・・・
今こうして溢れる様な家族愛に包まれて人生を終える事が出来たのも
ママの御蔭と感謝している
有難う　本当に有難う
逝く身より送る者の方がずっと辛く悲しいと思うが・・耐えて欲しい

必ず時が解決してくれる
〝人は生まれやがて死ぬ〟悲しい人生の掟だ
今後　健康に充分留意し小生の分迄長生きしてほしい・・・
最後に一言
「有難う　本当に有難う」幸多かれと祈る

利幸

最愛のママへ

遺言状は亡くなる半月くらい前に夫から手渡しでもらっていました。
でも開けられませんでした。
万一の時に見るからとそのままましまっていました。
夫を見送った後に、娘に封を切ってもらいました。

子供たちにも随分気苦労をかけ、父親らしいこと何一つしてやることができず申し訳なかった　健康に充分留意して温かい家庭を築いていってほしい。

二人共真っ当に成長してくれてパパはこんな嬉しいことはない有難う。

ママを頼む

不動産も何もないけれど最高の遺産をいただいたと思っています。

夫以外は皆健康で過ごせたのも皆の病気を一人で引き受けてくれていたのでしょう。

家族みんな夫にありがとうです。

そして、訪問診療のクリニックの先生、看護師さんには本当にお世話になりました。

あれだけの病気を抱えながらも最後の2年間は私共々、本当に穏やかな生活を送ることができました。

最後の最後まで普通に生活ができて、食べられなくなって数日という、そして死因は老衰という最高の終わり方ができ、思わず私もこんな終わり方をしたいと叫んだ程です。

これだけ大きな病気を何回もしましたが、夫も安らかに満足して旅立ったと思っています。


夫86歳、私80歳です。

～これだけ書き終えて思うこと～

1つの病気で大病院にかかるのは良いのですが、その病気の薬の副作用で他の臓器が悪くなった時は難しいですね。

例えば、夫の場合、白血病は長年の治療で寛解状態なのですが、薬は飲み続けなければならない。

その薬の影響で腎臓はどんどん悪くなる。

貧血も酷くなり、貧血の注射もしなければいけなくなる。

でも各科の先生で話し合うことはない？

血液内科は超安定しているので今の治療をずっと続ける、薬をやめる選択はしない。

腎臓は少しでも現状維持できるようにいろいろ試みてくれるが他の科への意見は言わない？

退院の聞き取りでも血液内科の先生は、超安定しているのでそちらの先生の指示に従ってもらって結構です、薬を飲んでも飲まなくても良いくらいですと。えっ？と耳を疑いました。

訪問診療の先生は即日白血病の薬をやめました。

するとどうでしょう、先に書いたようにどんどん良くなっていったのです。同時に日本の医療にも一寸疑問を抱きました。その科その科ですばらしい先生に助けていただきましたが、難しいですね。

とはいえ医学も日進月歩ですごく進んできているし、今は白血病でも寛解状態だったら薬をやめる選択をしていますものね。でも当時、同じ時期に白血病になった人で、これだけ長生きした人は一人も居ないのではないかと言われています。

訪問診療の先生に、何処も悪くないと言っていただき、不安も怖さも全くなく、ゆっくり穏やかに仲良く、いろいろな話をし、自宅で過ごすことができ、夫を見送れたと言うのは、義母を見送った満足感というのとはまた違った幸せ感ですね。だから、見送った後の毎日も幸せ感で過ごせているので、寂しさも無ければ何もなく、平常通り、亡くなる前と同じ気持ちで生活できているのです。

有難うと大声で言いたいです。そして私の宝は　最高の家族と周りの人達です。有難うこれからもよろしくです。

それからの日々

〜私の手術〜

6年くらい前からひざ痛で、運動もかなりしていましたが改善せず、膝専門のクリニックを教えてもらい検査したところ、軟骨と半月板がフラットになった部分や三角になっているところ、また途切れて無いところなどさまざまで、完全に治すには手術しかありません。

ヒアルロン酸で暫く様子を見て、一時楽になるも、また痛むの繰り返しでした。手術を前向きに考えるようにとのことでしたが、事情を話して薬と注射で応急処置をしていました。

夫の亡くなる1か月くらい前からは、ひざ痛との闘いでもありました。夜も眠れず、眠剤を貰っていました。

そして夫の百か日法要を済ませて、先生に今がチャンスですかねと相談に行きました。先生は「手術しよう両足一緒に」と即答でした。

私も命が先かどっちが先かと思っていましたが、まだ生きそうなので、痛い生活とはおさらばしようと決心しました。

手術する病院はクリニックと提携している病院で、患者の住所によって場所が決まるのです。クリニックの先生が手術してくれるので、主治医はクリニックの先生です。

何処の病院ですか？と聞くと息子の家の近くの病院でした。

私は、病気に対してはもちろん、他のこともプラス思考ですので、全く不安も感じず入院前日までいつも通り早朝ウォーキング、ラジオ体操、おしゃべりタイムを楽しんでいました。

11月9日に手術して翌日からリハビリ開始です。

ベッドから車椅子に移動してトイレに行けるようにと、まず立って、足踏みして、歩いて、全部クリアでき、車椅子を通り越して歩行器になりました。

そして夕方、歩行器で、歩行練習しようと廊下に出ると、夜勤の看護師さんが「どこ行くの？」「歩行練習」「付き添いは？」「なしです」「そしたら駄目です」「先生が1時間に1回歩いて良いと言いました」「本当？」「本当本当」と言いながら1周して戻ってくると、先生に連絡したようで「ＯＫでした」と手で合図をくれました。後で部屋に来られた時「認知症と思ってたでしょう？」と言うと、思い切り手を振って「思ってません、思ってません」大笑いしました。

翌日リハビリ先生に言うと、「手術して翌日歩く人は、たま〜にいるけど滅多に居ないから」と言っていました。

その後、歩行器を卒業して杖歩行、それも1日で卒業しました。

「どうして手術を決心したのですか？」と聞くので「命が先か、どちらが先か考えたけど、まだ生きそうやから、痛くない生活をと決心した」と言うと、「そういう人に限って長生きする」と言う。先生も負けてはいません。

コロナ禍でリハビリ室は外来の患者さんが使うので、日曜日以外はベッドで午前午後と二人の先生に受けるのです。

先生が来られない時に自分でできるリハビリを聞き、ベッドでも廊下でも一人でしました。

そして、廊下を毎日歩きました。

私は耳が遠いので、マスク下での会話が聞き取りにくく、廊下でのリハビリの時、いい加減に返事しておいたら、次のリハビリの時「私の言ったことを復唱して下さい、ちゃんと理解できてなかったらいけないので」と。聞こえてないのがばれてたんや！

ですが階段の上り下りの後は肩を揉んでくれたり、日曜日、リハビリ室の器械が空いていたら午後に呼びに来てくれたりと優しい面もあります。自転車こぎでは、「いくら漕いでも疲れたとは言わず、スピードも落ちない、競輪選手みたいや」と好きなこと言っていました。

主治医の診察日、カルテの経過を診て「予定より早く退院できるかも」と言うので「帰っても1人だから追い出さないで下さい」と、そしたら次の検診日の時は、「まだ退院したくないのやろ?」「いいえ、もっとリハビリを受けたいのです。自転車に乗れなかったら先生の所まで通えないから」。

毎朝、廊下をウォーキングしてるのも私1人です。

次は外歩きの練習です。その時丁度息子の自宅の前を通りました。「先生ここ、息子の家です、ちょっとチャイム押します」「ダメダメ」「良いやん」と押しました。嫁が出て「お母さんどうしたんですか」「今外歩きの練習、先生が横に居るから帰るね」リハビリ先生は苦笑い。

「このコースは腕を持ってゆっくり歩き大体50分台なのに、僕はただ普通に横を1人で歩いているだけなのに15分で帰ってきた」と笑っていました。

これ以上病院に居ると、邪魔にもなると思い、こちらから26日退院希望と言い、ＯＫが出ました。

コロナ禍でベッドの部屋から出られず、売店にも行けないので、飲み物もすべて娘、嫁に下の受付に預けておいて貰いました。嫁は孫の手紙も一緒に入れてくれていました。退屈しないようにと漢字パズルと電子辞書持参で入院しましたが、リハビリ先生とのバトル合戦など、楽しい19日間の入院生活でした。

そして退院の日、「タクシー呼びますか？　誰か迎えに来られますか？」「迎えにきます」「車で来られますよね？」「はい車です」ところが息子は歩いて来るのですよ（笑）。そして私のコロコロを押してスタスタ自分の家へ。私もひょこひょこ後を付いていく、そこから自宅へは送ってくれましたが（チャイム押したのが失敗だったかな？）。

退院翌日、両足が着く一回り小さい電動自転車を購入し、リハビリにも通うことができました。今ではデパート、図書館、友達宅などすべて自転車で移動できるのですごくうれしいです。

1年後の検診時、先生に「現状維持するのに、どのようなことに気を付ければ良いですか?」「転ばないように、転んだら折れるから」ということでした。毎日痛みが無く生活できるのが本当に嬉しいです。私は自転車に乗れなかったら生活できないです。1日でも長く自転車に乗れますように!!

そしてあと4年穏やかな生活ができ、夫と同年齢で終われれば最高に幸せです。

〜私の健康法〜

朝4時半起床、三宝荒神様、洗い米、お水を替え、仏壇にお茶をあげ、お経を唱え、5時過ぎに家を出て自転車20分位で公園へ、そこから独自の体操をする場所まで冬はお月様見ながらの1人ウォーキング、そこで今は4人で膝運動や、腹筋など6種類ほどの運動をし、その内の運動組2人と、運動さぼり組4人の仲間と合流し、一緒にラジオ体操の場所まで移動。その移動も運動さぼり組はなかなか到着しないのです。

でも週に1日だけは移動が速い日があるのです。モーニングの日です。

ラジオ体操後、桜並木を大きな通りまでおしゃべりしながらだらだらウォーキング、そして毎日曜日は仲間のご主人1人と7人でモーニング、これがまた楽しいのですよ、時々ランチも楽しんでいます。雨以外は、休みなしで年末年始も休みなし(笑)。

仲間の中には朝3時起床、家事をして4時半に公園到着し、あらゆる運動をして10000歩くらい歩き、私達の独自の運動も参加して、その後1時間ほど仕事をし、家族5人の食事の用意までしている超人が居られます（笑）。その人は花博士でもあり、自然界のこと、宇宙のこと、野鳥のことなど、私の知らないことをいっぱい教えてくれます。すぐ忘れても、懲りずに教えてくれます。私から教える物は何も無いけれど、唯一私は本好きなので、私の本を2～3冊お貸ししたところ、気に入って早々読破してしまいました。そこで、私の好きな作家の本を渡すと、またそれがすごく気に入り、次も次もと要求してきます。図書館にある時は、借りて、無い時は予約して渡しています。

なので、私の読書ノートの1ページに、彼女の分も設けました。読むスピードも速く追い越されそうです。以前は私も年に50冊は読んでいたのですが、漢字パズルにもはまっているので最近は大分少なくなっています。

このグループも、いつどういうきっかけでできたのか説明できる人は1人も居りません。勿論私も分かりません、いつの間にかっていうことです。でも本当に最高の仲間です。これが1番の健康法だと思っています。

その他は、何も特別なことはしていないけれど、以前、血圧が急上昇し、循環器の診察を受けたことがあるのです。その時栄養指導を受けて下さいと言われ、自家製ジュースを365日20年間飲んでいることや、朝、昼、夜の食事内容など説明すると、先生にこんな食事をしているからこんな検査結果が出るのですね。私も見習わなくっちゃって言われたことがあるのです。夫との食事を作っていたので私もバランスの取れた食事ができていたのですね。今は1人になったので、かなりいい加減になっていますが・・（笑）

朝の体操以外に家で週2～3回は30分位の体操を20年くらいは続けています。でもあまり何事も深刻に考えないで、何でも物事を良い方に考えるのがいいのかもしれません。元々プラス思考でストレスとは無縁なのです。

体の健康もそうですけど、心の健康が一番じゃないかと思います。私は人にすごく恵まれ、困った時など、いつもいつも人に助けられてきました。

50年来の友達には、かかりつけ医の診察券を預けてあるのです。私の診察日前日に電話して診察券を入れて貰っています。朝1番に入れてくれるので、診察まで2時間待ちが普通なのですが、私が行くと待ち時間0です（笑）。

昨年末も体調不良になり、夕方の診察に行きたいので診察券を入れて貰いました。様子を見に来てくれた友達が、その後検査の為に循環器医院へ行くのも、そこからまた夫が掛かっていた総合病院へ行くのも、すべて付いていってくれたのです。そして後日、いろいろ検査をしましたが、一時的な物で心配いらないということでした。本当に有難いです。

でも、さすがに加齢による？症状が出てきて、よく忘れるし、片足がしびれるので、先日念の為脳のＭＲＩ検査をしました。結果は、全く異常なし。しびれは坐骨神経痛とのことで、元気だから何もしなくて良いと言われました。

３月の誕生日に娘が写真館に連れて行ってくれたのです。遺影の写真を撮るつもりが、奇跡の１枚写真に変更しちゃいました。メークに２時間くらい掛けてかつらをつけて、見事女優さんみたいに変身したのです。

２か月に１回会う、もう一人私のことをサザエさんと呼ぶ友達がいます。

自宅へお邪魔して、朝から晩まで１日中遊んでくるのですが、いつも何も持って来て

奇跡の一枚

はいけない、札束以外は駄目と言うのです。朝のウォーキング仲間が1億円札をゲットしてくれたので、それと変身写真を持って行きました。1億円札はすごく喜んでくれて、次に写真を見せると、「これ誰？」「私」「何歳の時？」「今82歳」「ちょっと待って」と眼鏡を掛けて言った言葉が「ここにくたらしい！」だって（笑）。

その友達は詩吟の先生をしていて、2つの教室を持っているのですが、今度1つの教室を詩吟だけの教室じゃなく、独自の楽しめる教室にするからと、誘っていただき、仲間に入れていただきました。月2回2時間で、また楽しみが増えました。

今はそんなことをして遊んでいます。

先日夫の3回忌法要の時、奇跡の一枚写真を皆に見せたのですが、誰かがその写真を仏壇の上に立てたのです。だから毎日自分の写真に向かってお経をあげているのです（笑）。

また、嫁のお母さんともすごく仲良しなのです。

息子の結婚当初から、嫁には「母の日には何もしないでね。去年アレしたから、今年は何をしようかと悩まないといけないでしょう。そんな悩みは無しにしてメールをくれる？　私はそれが一番嬉しいので」と言っていましたから、それを守ってくれていたのですが、昨年の母の日にはお母さんを連れてきてくれたのですよ。粋なことするでしょう？

今日は、最高のプレゼント持ってきてくれたんやねと、孫遊びそっちのけで、ずっと嫁のお母さんと2人で話していたのですよ。先だってもお母さんが手術することになり、入院前日にも電話で話し、術後今個室に来たからとお電話いただいたのです。嫁にメールするも、私と話すよりお義母さんと話す方が楽しいみたいなので、また電話してやって下さいと返信してくれました。

毎朝のウォーキング仲間、サザエさんと呼んでくれる2人は50年来の友人です。他にも、電話で1時間余りおしゃべりする従妹や友達が2〜3人と本当に周りの人達に支えられています。

店を始めた時も、お昼の営業は一人ではできないので、誰かいないかと思っていると、以前経理事務で勤めていた同僚が1年間助けてくれ、辞める時は不思議と次の人が現れてくれるのです。

20年お店をしていましたので、スタッフは何人か変わりましたが、いつもいつも不思議と良い人に恵まれ、最後の方は10年続けてくれて、最後の片づけまで全部してくれるというありがたい方で、本当に本当に沢山の人に支えられてきました。

そして娘も、毎日安否確認の電話をくれ、おばあちゃん見送って第二の人生、パパ見送って第三の人生、その第三の人生を楽しんでと言ってくれるので、それはしっかり守ろうと思っています。

今は24時間自分の為に使える時間をいただいたことに感謝し、有難く有効に使おうと思っています。

最後に
夫が白血病を発病し、長くて5年と言われた命、
治療のインターフェロン注射が副作用で続けられなくなった時、私に注射を教えていただけたこと、
その後画期的な飲み薬に移行できたこと、
そして夫が元気な時に義母を見送れたこと、
その後九死に一生を得た大動脈解離も、私が携帯を忘れたことも吉となり、
夫が自分で救急車を呼べる状態であったこと、
救急搬送されたのが、夫のかかっている病院であったこと、
心臓外科の先生がその時間に手術できる体制であったこと、
一つでも欠けていたら、夫は助かっていなかったでしょう。
双子の孫が誕生した時には、夫の病状も安定しており、私もお世話に全力投球できたこと、

私の胃ガンの発見も、最良の時期であったこと、
ひ孫のお世話をする時も私のひざ痛が影を潜めてくれていたこと、
墓地の移転も、考えていた時に最良の場所を見つけさせてくれたこと、
納骨式の翌日に私の兄が死去という、どちらも変更できないことを、無事に終えることができたこと、
夫が最後の手術をした後も訪問診療の先生のお陰で安心した生活を送れたこと、
私一人だったら、絶対眠ってしまっていたかもしれないところを、コロナ禍で登校時間が遅かったのが、その日から普通授業になったので、嫁が子供を送り出すなり、すぐ来てくれていたこと。
そして最後は家族が満足して夫を送ることができたなんて、本当に本当に沢山のお陰をいただいたとしか考えられません。
すべてに感謝！　感謝！　です。

堀江　順子（ほりえ あつこ）

昭和 16 年（1941 年）大阪府泉南郡に生まれる
昭和 34 年（1959 年）金融系企業に勤める
昭和 38 年（1963 年）夫利幸と結婚
子育てが一段落した頃に夫の提案でお好み焼き店「竹の子」オープン
夫の白血病発症後、看病の為、20 年続いた「竹の子」を閉店
夫の容態が落ち着いた事を機に 58 歳で自動車免許を取得
その後ヘルパー２級資格も取得し、60 歳からヘルパーの仕事を始める
さらに 2012 年にはケアマネージャー資格も取得する
2021 年に夫を自宅で穏やかに見送り
その後は家族や友人達に恵まれ、毎日感謝の気持ちで日々を送っている

奇跡がくれた 25 年　～夫との闘病記～

2024 年 1 月 22 日　第 1 刷発行

著　者　堀江順子
発行人　大杉　剛
発行所　株式会社 風詠社
〒 553-0001　大阪市福島区海老江 5-2-2
大拓ビル 5 - 7 階
TEL 06（6136）8657　https://fueisha.com/
発売元　株式会社 星雲社
（共同出版社・流通責任出版社）
〒 112-0005　東京都文京区水道 1-3-30
TEL 03（3868）3275
印刷・製本　シナノ印刷株式会社

ISBN978-4-434-33242-5 C0095